Ingo Siegner

Der kleine Drache Kokosnuss
bei den Römern

Ingo Siegner

Der kleine Drache Kokosnuss
bei den Römern

cbj

 Dieses Buch ist auch als E-Book erhältlich.

Mit besonderem Dank an Prof. Dr. Martin Avenarius
für die wissenschaftliche Beratung

Verlagsgruppe Random House FSC® N001967

1. Auflage 2019
© 2019 cbj, Kinder- und Jugendbuchverlag
in der Verlagsgruppe Random House,
Neumarkter Straße 28, 81673 München
Alle Rechte vorbehalten
Umschlagbild und Innenillustrationen: Ingo Siegner
Lektorat: Hjördis Fremgen
Umschlagkonzeption: basic-book-design, Karl Müller-Bussdorf
hf · Herstellung: AJ
Satz und Reproduktion: Lorenz & Zeller, Inning a.A.
Druck: Grafisches Centrum Cuno, Calbe
ISBN 978-3-570-17656-6
Printed in Germany

www.cbj-verlag.de
www.drache-kokosnuss.de
www.youtube.com/drachekokosnuss

Inhalt

Oskar Brutus Drachus

Markus Medikus, der große Medizindrache, reicht dem kleinen Drachen Kokosnuss ein grünes Fläschchen und sagt: »Dein Vater soll aber nicht wieder alle Tropfen auf einmal nehmen! Das Beruhigungsmittel ist nämlich sehr stark.«
»Geht klar, Medikus«, sagt Kokosnuss, verstaut das Fläschchen in seiner Tasche und fliegt auf dem schnellsten Weg zum Baumhaus.
Das Stachelschwein Matilda hat es sich dort schon bequem gemacht. In der Sommerhitze der Dracheninsel ist das Baumhaus ein guter Platz, denn es ist schattig, und manchmal weht hier oben eine kühle Brise.
»Wo warst du denn so lange?«, fragt Matilda.
»Ich musste für meinen Vater Medizin abholen«, sagt Kokosnuss.
»Und wo steckt Oskar?«, fragt Matilda.
»Bestimmt in der Bücherei.«
»Sag bloß, er will sich ein Buch ausleihen!«

»Nee, ich glaube, einen Comic. Oskar liest doch seit Neuestem diese Comics von den Galliern, die immer die Römer vermöbeln.«

»Kenne ich«, sagt Matilda. »Die mit dem Zaubertrank…«

Da hören sie jemanden die Leiter heraufklettern.

»Hallo, Leute!«, ruft Oskar, als er mit Schwung ins Baumhaus springt. Der junge Fressdrache trägt einen Topf auf dem Kopf und hält ein hölzernes Schwert in der Hand.

»Oskar!,«, sagt Matilda. »Wie siehst du denn aus?«

»Ich bin Brutus Drachus, ein römischer Zenturio!«[1], sagt Oskar und verzieht sich mit einem Buch in eine Ecke.

»Das ist ja gar kein Comic«, sagt Matilda.

»Das ist ein Buch über die Römer«, sagt Oskar. »Da gab's Gladiatoren. Die waren die Stärksten überhaupt!«

»Stärker als Fressdrachen?«, fragt Kokosnuss.

Oskar überlegt. »Fast.«

---

[1] Ein Zenturio war ein römischer Offizier. Ihm unterstanden die Legionäre. So wurden die römischen Soldaten genannt.

»Was sind denn Gladiatoren?«, fragt Matilda.
»Das sind Kämpfer«, sagt Oskar. »Die haben in
riesigen Arenen vor Zuschauern gegeneinander
gekämpft. Die Arena in Rom heißt Kolosseum
und ist riesengroß! Die Römer waren nämlich
e-x-t-r-e-m gute Baumeister, und das Römische
Reich war e-x-t-r-e-m groß, weil die Römer viele
Länder erobert haben!«
Oskar liest aus dem Buch vor: »Im Jahre 115 n.
Chr.[2] erstreckte sich das Imperium Romanum
über Gebiete auf drei Kontinenten. Potzblitz!«

---

[2] n. Chr. bedeutet »nach Christi Geburt«.

»Und wozu haben die so viele Gebiete erobert?«, fragt Matilda.

»Weil ..., na weil ..., ähm, weil die Römer dachten, alle Menschen sollen es so gut haben wie sie: leckeres Essen, tolle Brücken und supergute Toiletten.[3] Die Leute in den anderen Ländern haben sich direkt gefreut, von den Römern erobert zu werden!«

»Das würde mich wundern«, sagt Matilda.

Kokosnuss springt auf und sagt: »Wie wäre es mit einer Reise ins antike Rom?«

»Bin dabei!«, sagt Oskar mit leuchtenden Augen.

»Dafür müssten wir aber nach Italien reisen«, sagt Matilda. »Rom liegt in Italien.«

»Wir fragen Knödel, ob er uns hinfliegt«, sagt Kokosnuss.

»Und wie wollen wir Knödel dazu bringen, seine Sonnenliege zu verlassen?«, fragt Matilda.

»Er mag Spaghetti. Und wo gibt es die besten Spaghetti der Welt?«

---

[3] Im Römischen Reich wurden die ersten Wasserleitungen gebaut, zum Beispiel unterirdische Kanäle, die das Abwasser abgeleitet haben.

»In Italien!«, rufen Matilda und Oskar wie aus
einem Mund.

Der große Rüsseldrache Knödel döst auf seiner
Sonnenliege.
»Italien?«, brummt er, ohne die Augen zu öffnen.
»Da gibt es die weltbesten Spaghetti!«, sagt
Kokosnuss.
»Spaghetti?«, sagt Knödel
und öffnet ein Auge.
»Dort kannst du ganz
viel davon essen«, sagt
Kokosnuss.
»Das sind praktisch
Ferien«, sagt Matilda.
»Spaghetti-Ferien!«,
sagt Oskar.
Knödel öffnet sein
zweites Auge. Plötz-
lich erhebt er sich
und sagt: »Wir sollten
keine Zeit verlieren!«

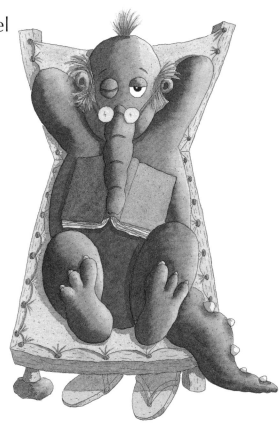

Der Sklave Cinquecento

Knödel fliegt schnell, denn er hat auf einmal einen Riesenhunger. Schon zur Mittagszeit landet er mit Kokosnuss, Matilda und Oskar auf dem

Rücken am Rande eines Waldes, mitten in Italien.
Unterhalb des Waldes erstreckt sich Rom, die
Hauptstadt Italiens.

»Und wo gibt's jetzt die Spaghetti?«, fragt Knödel.

»Die gibt's hier an jeder Ecke«, sagt Kokosnuss.

»Du fragst einfach im nächsten Dorf höflich nach. Die Italiener sollen sehr gastfreundlich sein. Wir müssen nur kurz etwas erledigen und sind bald zurück.«

Mit diesen Worten betreten die beiden Drachenjungen und das Stachelschwein den Wald. Als sie weit genug entfernt sind, fragt Oskar: »Wieso nehmen wir Knödel eigentlich nicht mit zu den Römern?«

»Die Zeitreisen sollten lieber unser Geheimnis bleiben«, sagt Kokosnuss. »Erwachsene können mit so etwas nicht so gut umgehen.«

»Stimmt«, sagt Matilda. »Die denken immer, dass etwas schiefgehen könnte.«

Auf einer Lichtung holt Kokosnuss den Laserphaser[4] hervor, tippt das Jahr 115 n. Chr. ein und sagt: »Achtung, eng beisammenstehen!«

---

[4] Der Laserphaser ist ein kleines Gerät, das Kokosnuss von einem Außerirdischen geschenkt bekommen hat. Damit können die Freunde durch die Zeit reisen.

Er drückt auf den roten Knopf. Es kribbelt auf der Haut und schon sind die drei Freunde verschwunden.

Im selben Moment tauchen sie in einer anderen Zeit wieder auf: in der Antike. Sie stehen auf derselben Lichtung im Wald oberhalb der Stadt Rom.

»Da unten ist einer!«, flüstert Oskar.

Unterhalb des Waldes, auf einer Straße aus grobem Kopfsteinpflaster, sehen sie einen schmächtigen Menschen in einem langen Hemd.

»Wie ein Römer sieht der aber nicht aus«, sagt Oskar. »Richtige Römer haben schöne Gewänder. Und wenn sie Legionäre sind, tragen sie eine Rüstung mit Schwert und Schild.«

»Vielleicht ist es ein verkleideter Römer«, flüstert Matilda.

»Ein Geheim-Römer«, sagt Oskar.

»Am besten, wir fragen ihn!«, sagt Kokosnuss und läuft los.

»Warte auf uns!«, rufen Matilda und Oskar.

Der Mensch kriegt einen Riesenschreck, als plötzlich zwei kleine Drachen und ein Stachelschwein auf ihn zukommen.

»W-wer seid ihr? Wer schickt euch? S-seid ihr wild und gefährlich?«

»Wir sind friedliche Fremde«, sagt Kokosnuss.

»Und wer bist du?«

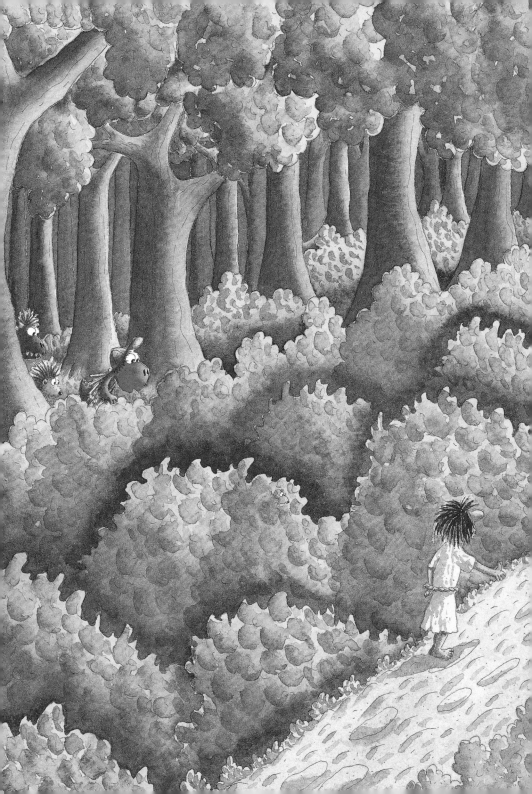

»Ich ...«, sagt der Mensch und zögert. »Ich
heiße Cinquecento[5] und bin ein Sklave.«
»Ein Sklave?«,
fragen Kokosnuss
und Matilda.
Oskar horcht auf.
Über Sklaven im
Römischen Reich
hat er gelesen!
So berichtet der
Fressdrachenjunge den
anderen, dass die Römer
viele unschuldige Menschen
einsperrten oder sie zur Arbeit
zwangen, und dass diese Menschen wie
eine Ware behandelt wurden. Sie konnten
gekauft und verkauft werden, hatten keinerlei
Rechte und wurden Sklaven genannt.

---

[5] Cinquecento wird »Tschinkue-Tschento« ausgesprochen und bedeutet
»500«. Sklaven bekamen oft Nummern als Namen. Cinquecento ist Italienisch. In Wirklichkeit gab es die italienische Sprache in der Antike aber
noch nicht. Es wurde Lateinisch gesprochen.

»Das ist ja eine Unverschämtheit!«, sagt Matilda.

»Aber wenn du ein Sklave bist«, sagt Kokosnuss, »was tust du dann hier im Wald?«

»Ich bin auf der Flucht. Die Römer wollen mich nämlich ins Kolosseum bringen, damit ich dort vor Publikum kämpfe.«

»Dann bist du ein Gladiator!?«, fragt Oskar und staunt. Einen Gladiator hat er sich ganz anders vorgestellt.

»Für einen Gladiator bin ich viel zu schwäch-lich«, sagt Cinquecento. »Sklaven wie ich dienen nur zur Unterhaltung, als leichte Gegner für die Gladiatoren. Ich würde nicht einmal gegen den schwächsten Gladiator gewinnen. Und schon gar nicht gegen den stärksten.«

»Wer ist denn der stärkste?«, fragt Oskar.

»Der stärkste Gladiator ist Maximus Doppel-plus«, erklärt Cinquecento. Er ist der berühmteste Kämpfer im ganzen Römischen Reich. Früher war er auch einmal ein Sklave, doch wegen seiner zahlreichen Siege im Kolosseum wurde er mit der Freiheit belohnt.«

»Gegen den würde ich gerne einmal kämpfen!«, sagt Oskar und boxt ein paarmal geschickt in die Luft.

»Gegen den gewinnt keiner«, sagt Cinquecento. »Die Flucht ist die einzige Möglichkeit für mich, nicht im Kolosseum zu enden.«

Kokosnuss flüstert Matilda und Oskar etwas zu. Die beiden nicken.

»Wir werden dir bei deiner Flucht helfen!«, sagt Kokosnuss.

»Ihr? Wie wollt ihr mir helfen? Wenn die Römer uns erwischen, ist es aus. Die Legionäre können furchtbar gut kämpfen!«

»Ich bin furchtbar schnell!«, sagt Oskar.

»Ich bin furchtbar schlau!«, sagt Matilda.

»Ich kann furchtbar Feuer speien!«, sagt Kokosnuss.

Cinquecento erschrickt. Ein Drache, der Feuer speien kann!

»Und du«, sagt Kokosnuss zu Cinquecento, »kennst dich in Rom gut aus. Zusammen sind wir die Fürchterlichen Vier!«

Cinquecentos Augen leuchten: Die Fürchterlichen Vier!

Eine böse Überraschung

»Diese Straße ist die Via Appia«, sagt Cinquecento. »Sie führt nach Süden. Vielleicht treffen wir einen Händler, der uns in Richtung Neapolis[6] mitnimmt.«

»Da kommt schon einer!«, sagt Kokosnuss.

Aus der Ferne bewegt sich ein Wagen auf sie zu.

»Am besten«, sagt Cinquecento, »ihr versteckt euch. Ich schaue erst einmal, wer das ist.«

[6] Heute heißt die Stadt *Neapel*, auf Italienisch *Napoli*.

Flink huschen Kokosnuss, Matilda und Oskar hinter die Büsche. Der Wagen, der sich nähert, sieht aus wie ein großer, aus groben Holzlatten zusammengezimmerter Kasten. Er rollt auf zwei eisenbeschlagenen Rädern und wird von einem Maultier gezogen. Auf dem Kutschbock sitzt ein bärtiger Mann.

»Brrr!«, ruft der Mann, als er Cinquecento
erblickt.
Die Freunde beobachten, wie die beiden
einige Worte wechseln. Plötzlich
geht Cinquecento mehrmals in
die Hocke und wieder in
den Stand. Dabei streckt
er die Arme nach oben
und den Po nach hinten.
»Was macht er denn da?«,
fragt Oskar.
»Er turnt«, sagt Matilda.
Da winkt Cinquecento ihnen
freudig zu und ruft: »Ihr könnt
herauskommen. Der Händler
nimmt uns mit!«
Der Kutscher staunt, als er die beiden
Drachen und das Stachelschwein sieht. Er
entriegelt eine Klappe und sagt: »Nur hinein mit
euch, und verhaltet euch ruhig!«
»Und Sie fahren auch wirklich nach Süden?«,
fragt Cinquecento.

»Aber ja, aber ja!«, brummt der Kutscher ungeduldig.

Kaum sind die vier in den Kastenwagen geklettert, verriegelt der Kutscher die Klappe und klatscht in die Hände.

Cinquecento atmet erleichtert aus und sagt: »Erst war er sehr unfreundlich, aber als ich ihm sagte, dass wir die Fürchterlichen Vier sind, war er sofort bereit, uns mitzunehmen.«

»Und warum hast du geturnt?«, fragt Kokosnuss.

»Ich habe dem Kutscher ein paar Übungen gezeigt. Er hat nämlich Rückenschmerzen. Kein Wunder, er sitzt den ganzen Tag auf dem harten Kutschbock.«

»Bist du ein Turner?«, fragt Matilda.

»Ich? Iwo! Ich habe in den Steinbrüchen gearbeitet. Dort habe ich Übungen gegen Rückenschmerzen erfunden.«

In diesem Moment setzt sich der Wagen in Bewegung.

»Festhalten!«, ruft Kokosnuss, denn es wackelt und ruckelt, dass die Freunde hin und her purzeln.

25

»Seht mal!«, sagt Oskar. »Hier gibt es Griffe zum Festhalten.«

An den Holzwänden sind eiserne Ringe angebracht.

»Womit dieser Händler wohl handelt?«, fragt Matilda.

Kokosnuss' Blick fällt auf die Holzkiste, die in einer Ecke des Wagens steht. Neugierig klappt er den Deckel auf. Darin liegen eiserne Ketten.

»Ein Eisenketten-Händler?«, fragt Oskar.

»Mit solchen Ketten werden Sklaven angekettet!«, ruft Cinquecento. »Das ist ein Sklavenhändler!«

»Oh nein!«, ruft Matilda. »Wir müssen schleunigst von hier verschwinden!«

Gemeinsam versuchen die Freunde, die Klappe des Wagens aufzubrechen, doch der Riegel ist so stabil, dass die Klappe keinen Millimeter nachgibt.
Da fällt Oskar etwas auf: »Guckt mal! Die Sonne hat die Seite gewechselt.«
Das Sonnenlicht, das durch einen Luftschlitz in den Wagen fällt, kommt jetzt von der anderen Seite.
»Der Wagen hat gewendet!«, sagt Kokosnuss.
Mit zitternder Stimme flüstert Cinquecento:
»W-wir fahren nach Rom!«

Eine ganze Weile lang rumpelt der Wagen über die Via Appia in Richtung Rom. Plötzlich hält er an.
»Da draußen sind Leute!«, flüstert Kokosnuss.
Die Freunde hören, wie der Kutscher mit jemandem spricht.

Cinquecento lugt durch den Luftschlitz. »D-den kenne ich«, flüstert er. »D-das ist Rekrutius Rektus. D-der sucht nach Gladiatoren für das Kolosseum.«

»Au Backe«, murmelt Kokosnuss.

Rekrutius Rektus

Rekrutius Rektus ist ein römischer Bürger. Er trägt ein feines purpurfarbenes Gewand. Kräftige Männer mit Schwertern und Speeren begleiten ihn.

»S-seht ihr!«, flüstert Cinquecento. »Die sind bewaffnet. Wenn wir an die verkauft werden, sind wir geliefert!«

Die Freunde lauschen, was der Kutscher und Rekrutius Rektus miteinander besprechen.

Der Kutscher breitet die Arme aus und sagt: »Solche Kämpfer hast du noch nie gesehen! Ein Stachelschwein, ein entlaufener Sklave und ... zwei Drachen!«

Rekrutius Rektus horcht auf. »Drachen, sagst du?«

»Ja, echte Drachen!«, versichert der Kutscher.

Der Römer stößt einen Pfiff aus und blickt zum Wagen hinüber. »Und ... sind es gute Kämpfer?«

Der Händler flüstert: »Es sind die Fürchterlichen Vier! Der eine Drache hat furchtbar spitze Zähne,

29

der andere hat sogar Flügel! Der Kaiser wird beeindruckt sein, wenn du dem Volk solch ein außergewöhnliches Spektakel bietest.«

»Bei Jupiter!«, sagt Rekrutius Rektus. »Und das Stachelschwein und der Sklave?«

»Die ... öh ... die gehören auch dazu. Sonst wären es ja nicht vier.«

»Pff«, brummt der Römer. »Den Sklaven und das Stachelschwein kannst du behalten.«

»Ich verkaufe nur im Gesamtpaket!«, sagt der Kutscher entschieden. »Die Drachen kosten 10 000 Sesterzen.[7] Das Stachelschwein und den Sklaven gibt's gratis dazu.«

»10 000?!«, sagt der Römer. »Ich hab mich wohl verhört!«

»Na gut«, sagt der Kutscher. »Sonderangebot: 5000.«

»Du träumst wohl!«

»Hmpf, mein letztes Wort: 1000.«

»Für 999 nehme ich sie«, sagt Rekrutius Rektus.

---

[7] Sesterzen hieß das Geld im antiken Rom. Für 500 Sesterzen konnte man zum Beispiel einen Maulesel kaufen. Ein Schwein kostete etwa 20 Sesterzen.

»Gebongt«, sagt der Kutscher.

»Der hat uns tatsächlich verkauft!«, flüstert
Matilda empört.

»Ehm, das stimmt nicht ganz«, sagt Oskar.

»Gekauft hat er nur Kokosnuss und mich. Dich
und Cinquecento gibt's gratis dazu.«

»Pah, wenn dieser Pupsius uns gesehen hätte«,
sagt Matilda, »dann hätte er aber gestaunt und
ganz viel bezahlt!«

»Rekrutius, nicht Pupsius«, sagt Cinquecento.

»Egal, wie der heißt. Der hat uns ja nicht einmal
angeguckt!«

Als der Wagen seine Fahrt fortsetzt, wird er von Rekrutius Rektus und seinen Männern begleitet. Eine ganze Zeit lang rattert das Gefährt über die Via Appia. Durch die schmalen Ritzen in den Holzwänden können Kokosnuss, Matilda, Oskar und Cinquecento die vorbeiziehende Landschaft sehen. Bald säumen immer mehr Häuser die Straße, der Verkehr nimmt zu, und schließlich erreichen sie Rom, die Hauptstadt des Römischen Reiches.

Rom

In den engen Straßen wimmelt es von Menschen, Karren und Kutschen. Händler bieten ihre Ware feil, dicht an dicht stehen die Marktstände. An jeder Ecke wird etwas zu essen angeboten. Mühsam bahnt sich der Wagen einen Weg durch die Menge.

Kokosnuss, Matilda und Oskar staunen: Was für eine quirlige Stadt!

»Seht mal!«, sagt Oskar. »Das Forum Romanum! Hier sitzen die Senatoren und regieren Rom.«

»Ich denke, das macht der Kaiser«, sagt Matilda.

»Der auch, aber die Römer haben Bürgerrechte. Da kann der Kaiser nicht allein bestimmen.«

»Sklaven haben aber keine Bürgerrechte«, sagt Kokosnuss und blickt zu Cinquecento, der ängstlich auf der Kiste sitzt.

»Dort, das Kolosseum!«, ruft Oskar. »Wow!« Cinquecento bekommt weiche Knie, als der Wagen vor der riesigen, runden Arena hält.

Eilig öffnet der Kutscher die Klappe.

»Aussteigen!«, befiehlt Rekrutius Rektus.

Nacheinander klettern die Freunde aus dem Gefährt.

»Du da, mit den Flügeln!«, sagt Rekrutius streng und zeigt auf Kokosnuss. »Wenn du davonfliegst, wird es deinen Freunden schlecht ergehen!«

»Ich lasse meine Freunde nicht im Stich!«, sagt Kokosnuss.

»Wir sind die Fürchterlichen Vier und besiegen sowieso jeden!«, sagt Oskar und knurrt bedrohlich.

Die Männer richten ihre Schwerter gegen die beiden Drachen, doch als Matilda ihre Stacheln aufrichtet und gefährlich rasselt, treten sie einen Schritt zurück.

»Nun gut«, sagt Rekrutius, »wenn ihr jeden besiegen könnt, dann habt ihr sicher nichts dagegen, euren Mut und eure Fähigkeiten im Kolosseum zu beweisen und für eure Freiheit zu kämpfen!«

»Na klar!«, ruft Oskar. »Einer für alle, alle für einen, macht vier fuffzig!«

Matilda schüttelt den Kopf und sagt: »Oskar, das versteht doch wieder keiner.«

»Genug gequasselt!«, sagt Rekrutius Rektus. »Bringt sie in die Keller des Kolosseums!«

Cinquecento stockt der Atem. »In d-die Keller? S-sollen wir etwa schon heute kämpfen?«

Rekrutius grinst und sagt: »Heute ist der Tag der Spiele, und ihr kommt als Attraktion gerade recht. Euch gebührt die Ehre, gegen den größten Gladiator aller Zeiten anzutreten!«

»Wir?«, ruft Cinquecento. »G-gegen Maximus Doppelplus? A-aber ...«

Doch da treiben die Männer die vier Neuankömmlinge schon hinab in die Kellerräume des Kolosseums. In einem Kerker müssen die Freunde warten, bis sie aufgerufen werden.

In den Gängen unter dem Kolosseum herrscht reges Treiben. Ausbilder geben den Kämpfern letzte Anweisungen, Gladiatoren warten auf ihren Einsatz. Von oben aus der Arena dringen Schwertergeklirr, Schreie und der Jubel von Tausenden von Zuschauern in die Kellerräume herab.

Durch die Gitter ihres Kerkers blicken die Freunde beeindruckt auf die Gladiatoren. Es sind große Männer mit muskelbepackten Armen. Hin und wieder werden verwundete Gladiatoren auf Tragen hereingebracht.

Einer der Verletzten wird vor ihrem Kerker abgesetzt. Er stöhnt und sagt: »Heute ist nicht gerade mein Glückstag.«

»Bist du schwer verletzt?«, fragt Matilda durch das Gitter hindurch.

»Ein Stich ins Bein und einer in den Arm, halb so schlimm.«

»Hast du gegen Maximus Doppelplus gekämpft?«, fragt Oskar.

»Bei Jupiter, nein! Den Kampf gegen Maximus überlebt doch niemand.« Der Gladiator betrach-

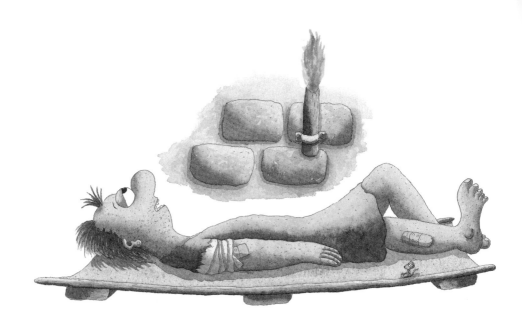

tet die Freunde und fragt: »Seid ihr die Fürchterlichen Vier, von denen erzählt wird?«

»G-genau«, sagt Kokosnuss.

»Ihr Armen! Na dann, ich wünsche euch viel Glück.« Nach diesen Worten schläft der Gladiator erschöpft ein.

»Pah!«, sagt Oskar. »Dieser Superplus wird sein blaues Wunder erleben! Wir sind stärker als wir aussehen. Außerdem hat Kokosnuss bestimmt schon eine gute Idee. Stimmt's, Kokosnuss?!«

»Äh, na ja, so eine richtig gute Idee habe ich noch nicht.«

»Wir könnten uns krankmelden!«, sagt Matilda.
»Ich glaube, das geht hier nicht«, sagt Cinquecento.

Matilda seufzt und sagt: »Immerhin kannst du
Feuer speien, Kokosnuss.«

»Aber ob das gegen diesen Maximus reicht ...«,
murmelt Kokosnuss.

»Schade, dass wir keinen Zaubertrank haben«,
sagt Oskar. »Dann würden wir diesen Maximus
zum Mond schießen!«

»Zaubertrank?«, wiederholt Kokosnuss, und plötzlich hat der kleine Drache eine Idee. Er wühlt in
seiner Tasche und fischt das Fläschchen heraus,
das er für seinen Vater besorgt hat: »Seht mal,
was ich hier habe!«

Oskar bekommt große Augen: »Ist das etwa ein
Zaubertrank?«

»Eigentlich ist es das Beruhigungsmittel für meinen Vater«, sagt Kokosnuss. »Aber heute ist es ein
Zaubertrank!«

»Wie bitte?«, sagt Matilda. »Wenn das das
Beruhigungsmittel für deinen Vater ist, ist es das

Gegenteil von einem Zaubertrank! Wenn wir davon trinken, schlafen wir womöglich im Stehen ein!«

»Genau«, sagt Kokosnuss und grinst.

Dann erklärt der kleine Drache seinen Plan.

Maximus Doppelplus

Wenig später öffnet der Kerkermeister die Tür.
Rekrutius Rektus tritt ein und sagt: »Jetzt seid ihr
an der Reihe!«
Heimlich steckt Kokosnuss das Fläschchen mit
dem Beruhigungsmittel unter seine Kappe.
»W-was tun wir«, flüstert Cinquecento, »wenn
der Plan mit dem Zaubertrank nicht funktioniert?«
»Keine Sorge«, sagt Matilda. »Kokosnuss hat
immer einen Plan B.«
»Äh, genau«, sagt der kleine Drache. »Plan B,
klar, habe ich.«

Als die Freunde in das weite Rund des Kolosseums
treten, wird es für einen Augenblick ganz still.
Noch nie haben die Menschen echte Drachen
gesehen. Auch Kokosnuss, Matilda, Oskar und
sogar Cinquecento verschlägt es die Sprache:
Noch nie haben sie so viele Menschen gesehen.
Viele Tausend Zuschauerinnen und Zuschauer

blicken von den steinernen Rängen zu ihnen
herab. Auf einer Tribüne, nur wenige Meter oberhalb des Kampfplatzes, ist ein farbiger Baldachin
aufgebaut, unter dem eine Gruppe von Menschen
in bunten Gewändern sitzt. An den Rändern des
Baldachins stehen Wachen mit Speeren und
Schilden.

»Dort sitzt der Kaiser«, sagt Oskar. »Und die
Wachen – das ist die Prätorianer-Garde. Die
beschützt den Kaiser.«

Mit einem Mal brandet
ohrenbetäubender Jubel
auf. Am anderen Ende
der Arena erscheint ein
großer Gladiator. Er trägt
einen Helm mit einem
grünen Federbusch,
ein Kurzschwert und
einen runden Schild.
Cinquecento be-
kommt weiche
Knie und flüstert:
»Das ist Maximus
Doppelplus!«

»Vorwärts!«, befiehlt Rekrutius Rektus. »Jetzt
könnt ihr zeigen, was in euch steckt!«
Langsam gehen die Freunde zur Mitte des Platzes.
Maximus Doppelplus kommt ihnen entgegen.
Die Zuschauer rufen im Chor: »Ma-xi-mus Dop-
pel-plus! Ma-xi-mus Doppel-plus!«
Als die vier dem Gladiator gegenüberstehen, hebt
dieser die Hand. Im Nu verstummt die Menge.
»Guckt euch mal die Muckis an!«, flüstert Oskar.
»Kokosnuss«, raunt Matilda. »Schnell, das Fläsch-
chen, bevor der loslegt!«
Da ertönt die tiefe Stimme von Maximus Doppel-
plus: »Ihr seid also die Fürchterlichen Vier. Und
ihr seid unbesiegbar, oder was?«
»G-genau«, stottert Kokosnuss, holt unter seiner
Kappe das Fläschchen hervor und sagt: »Nämlich
hiermit!«
»Das ist ein Zaubertrank!«, sagt Oskar. »Jetzt bist
du platt!«
»Soso«, brummt Maximus Doppelplus spöttisch.
»Und was bewirkt dieser Zaubertrank? Könnt ihr
damit etwa Feuer speien?«

»Genau!«, sagt Kokosnuss.

Der kleine Drache tut so, als würde er einen Schluck aus dem Fläschchen nehmen, und speit einen großen Feuerstrahl in die Luft.

Durch die Zuschauermenge geht ein erschrockenes Raunen.

Der Kaiser ruft: »Bei Jupiter! Er kann Feuer speien!«

Maximus Doppelplus weicht einen Schritt zurück.

»Tja«, sagt Kokosnuss und hält das Fläschchen in die Höhe. »Damit hast du wohl nicht gerechnet!«

»Gib her!«, befiehlt der Gladiator und stürzt auf Kokosnuss zu.

Der kleine Drache wirft das Fläschchen in Richtung Matilda, doch er wirft es so, dass Maximus es ganz leicht schnappen kann. Die Menge jubelt und ruft: »Maximus! Doppelplus!«

»Oje!«, sagt Kokosnuss. »Bin ich blöd!«

»Wir sind verloren!«, ruft Matilda.

»Er wird uns zu den Göttern schicken!«, ruft Cinquecento.

»Wenn er jetzt davon trinkt«, ruft Oskar, »kann er Feuer speien!«

Die Zuschauer halten den Atem an, als Maximus Doppelplus aus dem Fläschchen trinkt. Der Gladiator holt tief Luft und will einen Feuerstrahl speien, doch nichts geschieht. Er versucht es ein zweites und ein drittes Mal. Er trinkt alles aus, doch nicht einmal ein winziges Fünkchen entweicht ihm. Wütend wirft Maximus das Fläschchen in den Staub.

Kokosnuss tritt vor und sagt: »Manchmal klappt es nicht sofort. Das Feuerspeien erfordert etwas Übung. Äh, und falls du jetzt müde bist, ist das ganz normal.«

»Genau«, sagt Oskar. »Du kannst dich einfach hier hinlegen. Wir machen solange Pause.«

»Du kannst sogar einschlafen, wenn du willst«, sagt Matilda. »Wir tun dir nichts.«

Maximus Doppelplus schüttelt verständnislos den Kopf und sagt: »Was faselt ihr da? Ich bin kein bisschen müde, ihr Pupsis!«

»Aber ein bisschen müde siehst du schon aus«, sagt Matilda.

»Wenn man genau hinschaut«, sagt Oskar.

»Quatsch!«, sagt Maximus und zieht sein Schwert. Mit zitternder Stimme flüstert Cinquecento: »Der Trank wirkt nicht.«

Kokosnuss betrachtet das Fläschchen und murmelt: »Merkwürdig. Markus Medikus hat doch gesagt, das Mittel sei sehr stark.«

»Kokosnuss«, sagt Matilda. »Wie geht der Plan B?«

»Ja, äh, also, Ablenkung und Überraschung.«

»Wie?«, fragt Matilda.
In diesem Augenblick stürzt Maximus Doppelplus
auf die vier Freunde zu.

Die Wendung

Kokosnuss fliegt in die Höhe, Matilda springt nach links, Cinquecento nach rechts. Nur Oskar bleibt wie angewurzelt stehen.

»Oskar! Lauf weg!«, ruft Kokosnuss.

Im letzten Moment zischt der kleine Fressdrache wie eine Rakete davon und rennt im Zickzack vor dem Gladiator her.

»Fang mich doch, du Stinkefuß!«, ruft Oskar.

»Warte nur, du freches Würstchen!«, ruft Maximus.

»Ich bin kein Würstchen, ich bin Vegetarier, du Blechbüchse!«

Maximus aber ist schneller und lässt sein Schwert niedersausen. Im letzten Moment kann Oskar ausweichen, doch dabei rutscht er aus und stürzt – pardauz – zu Boden. Schon steht der Gladiator vor ihm und hebt das Schwert.

Da zerrt jemand an seinem Umhang. Als Maximus sich umdreht, erblickt er Matilda.

»Was machst du denn da?«, fragt der Gladiator.

»Äh, ich lenke dich ab«, sagt Matilda.

»Wovon?«

»Von Kokosnuss.«

Brandgeruch steigt in Maximus' Nase. Der Federbusch auf seinem Helm brennt! Dieser freche
kleine Feuerdrache!

Blitzschnell schlägt der Gladiator die Flammen
aus. Plötzlich entfährt ihm ein fürchterlicher
Schmerzensschrei.

Maximus steht reglos da. Als wäre er eingefroren.

Kokosnuss räuspert sich und fragt: »Alles in
Ordnung, Herr Maximus?«

»Ich kann mich nicht mehr bewegen.«

»Tut es weh?«, fragt Matilda.

»Und wie! Im Rücken!«

»Dann können Sie ja gar nicht weiterkämpfen«,
sagt Oskar.

»Hmpf«, brummt der Gladiator.

Kokosnuss' Blick fällt auf Cinquecento, der Oskar
gerade etwas Wasser bringt. Da hat der kleine
Drache eine weitere Idee.

»Würdest du dir Maximus' Rücken einmal
ansehen?«, fragt der kleine Drache. »Du kennst
dich doch mit so etwas aus.«

»So weit kommt's noch«, brummt Cinquecento.

»Vielleicht ist nur etwas verrenkt«, sagt Kokosnuss.

»G-genau«, sagt Maximus und stöhnt. »V-viel-
leicht ist nur etwas verrenkt.«

»Ja, ja, ja«, sagt Cinquecento. »Und wenn ich
das wieder einrenke, was passiert dann?«

»W-wenn d-du das wieder einrenkst«, sagt Maximus, »dann lege ich beim Kaiser ein gutes Wort
für euch ein! Gladiatoren-Ehrenwort!«

Inzwischen macht sich in den Zuschauerrängen Unruhe breit. Einzelne Rufe sind zu hören: »Was ist denn da unten los?« und »Geht's bald mal weiter?«

»Hmpf«, brummelt Cinquecento. »Na schön.«
Er nimmt Maximus vorsichtig die Rüstung ab und betastet den Rücken.

»Aua!«, jammert der Gladiator.
Cinquecento boxt einmal kräftig auf Maximus' Wirbelsäule.

»Auuuuuuaaaahhhhh!«, schreit der Gladiator. Die Zuschauer sind starr vor Schreck. Mit einem Mal aber hellt sich Maximus' Gesicht auf. Die Schmerzen sind wie weggeblasen!

»W-wie hast du das gemacht?«, fragt der Gladiator verblüfft.

»Och, es musste wirklich nur etwas eingerenkt werden.«

Da ruft ein Zuschauer: »Weitermachen!«, und eine Zuschauerin: »Wir wollen Kämpfe sehen!« Im Nu erheben sich unzählige Protestrufe von den Rängen: »Das ist doch hier kein Ringelpiez!«

»Langweilig!«

»Banane!«

Der Kaiser hebt einen Arm und winkt die Kämpfer zu sich. Sofort kehrt Ruhe im Kolosseum ein.

Der römische Kaiser

Der Kaiser beugt sich vor und fragt: »Was war denn da eben los?«

»Der Sklave hat meinen Rücken wieder eingerenkt«, sagt Maximus.

»Donnerwetter!«, sagt der Kaiser beeindruckt und flüstert Cinquecento zu: »Würdest du dir meinen Rücken auch einmal ansehen? Ich habe solche Rückenschmerzen, und meine Ärzte sind mit ihrem Latein am Ende.«[8]

»Klar, kann ich machen«, sagt Cinquecento.

»Aber ich bin ja eigentlich zum Kämpfen eingeteilt.«

Der Kaiser winkt ab. »Kämpfen kann jeder. Der Kaiserrücken ist wichtiger! Wie war noch gleich dein Name?«

»Cinquecento.«

---

[8] Das bedeutet, dass die Ärzte nicht mehr weiterwissen. Latein ist die Sprache der Römer in der Antike. Heute sprechen die Römer Italienisch. Die lateinische Sprache wird heute nicht mehr gesprochen, doch viele unserer Wörter haben ihren Ursprung im Lateinischen.

Der Kaiser erhebt
sich und ruft: »Bürger
von Rom! Dieser Sklave
namens Cinquecento hat
den Rücken unseres hoch verehrten Gladiators
Maximus Doppelplus eingerenkt. Es wird also
noch viele schöne Kämpfe geben!«
Da brechen die Zuschauer in Jubel aus.
»Deshalb«, fährt der Kaiser fort, »erhält der
Sklave die Freiheit!«
Cinquecento macht vor Freude einen Hüpfer,
doch die Zuschauer geben keinen Laut von sich.
Der Kaiser räuspert sich und fügt hinzu: »Öhm,
er wird den Rücken eures Imperators Caesar
Nerva Traianus Augustus, also eures Kaisers,
betrachten und heilen!«

Das Publikum tuschelt, Köpfe werden geschüttelt und einzelne Buh-Rufe sind zu hören.

Der Kaiser blickt sich unsicher um, überlegt kurz und ruft: »Er wird ein Institut für Rückengymnastik in Rom eröffnen. Eintritt frei!«
Da hebt der ohrenbetäubendste Jubel an, den das Kolosseum je erlebt hat.

Entgeistert stottert Cinquecento: »I-Institut f-für Rückengymnastik?!«

Kokosnuss stößt ihn an und flüstert: »Das ist doch nicht schlecht. Besser, als im Kolosseum zu kämpfen.«

Der Kaiser genießt den Jubel des Volkes und sagt zu Cinquecento: »Du erhältst natürlich ein eigenes Wohnhaus und ein Gebäude für dein Institut, mit Wagen und Personal, versteht sich.«

Cinquecento traut seinen Ohren nicht. Vor Freude klatscht er in die Hände. Doch dann fragt er: »Was geschieht mit meinen Freunden Kokosnuss, Matilda und Oskar?«

Der Kaiser wirft einen Blick auf die drei und sagt: »Für ihren mutigen Kampf gebe ich auch ihnen die Freiheit.«

Den Freunden fällt ein Stein vom Herzen, auch Oskar, denn er würde jetzt doch nicht mehr so gerne gegen einen Gladiator kämpfen.

Matilda aber hat noch eine Frage: »Herr Kaiser, sagen Sie, warum erobert ihr Römer eigentlich immer andere Länder?«

»Öhm«, murmelt der Kaiser und überlegt. »Schau dich um! Wer soll das hier alles bezahlen? Wo soll das Essen für so viele Menschen herkommen? Ohne die Steuern und Abgaben der anderen Völker könnten wir uns das alles gar nicht leisten.«

»Steuern und Abgaben?«, fragen Kokosnuss und Oskar.

Matilda rollt mit den Augen und sagt: »Das erkläre ich euch auf der Rückreise, Jungs.«

Zurück auf der Dracheninsel

Nachdem Cinquecento sie in seinem neuen Wagen zum Wald zurückgebracht hat, verabschieden sich die Freunde.

»Ohne euch«, sagt Cinquecento und strahlt, »säße ich jetzt in einem Kerker unter dem Kolosseum.«

Dann schwingt er die Zügel, und kaum ist der Wagen hinter einer Biegung verschwunden, drückt Kokosnuss den roten Knopf am Laserphaser. Die drei Abenteurer lösen sich auf und erscheinen wieder in ihrer eigenen Zeit. Seitdem sie Knödel zurückgelassen haben, sind höchstens zwei Stunden vergangen.

»Jetzt müssen wir nur noch Knödel finden«, sagt
Matilda.
»Da unten liegt er doch!«, sagt Oskar und zeigt
hinab zu den Büschen unterhalb des Waldes.

Als die drei Abenteurer ihn wecken, brummt
Knödel: »Schon wieder da? Ich habe gerade erst
gegessen. Diese Italiener können vielleicht
kochen, Mamma mia, die besten Spaghetti der
Welt!«

»Knödel«, sagt Kokosnuss, »wir müssten zurück-
fliegen, sonst kriegen wir Ärger, und außerdem
braucht mein Vater seine Tropfen.«

»Aber das Fläschchen«, flüstert Matilda, »liegt
doch im Kolosseum.«

»Ich habe es heimlich wieder eingesteckt«, sagt
Kokosnuss.

»Ist es nicht leer?«, fragt Oskar.

»Äh, ich habe einfach Wasser eingefüllt«, sagt
Kokosnuss und bekommt einen roten Kopf (noch
roter als normal).

Als Kokosnuss am Abend nach Hause kommt,
steht Mette am Höhleneingang und sagt: »Wo
hast du denn so lange gesteckt?«

»Wir waren im Kolosseum in Rom und haben
gegen den Gladiator Maximus Doppelplus
gekämpft!«

»Aha, sehr schön. Hast du Papas Tropfen
besorgt?«

»Habe ich!«, sagt Kokosnuss und hält das grüne
Fläschchen hoch.

»Das wurde auch Zeit«, brummt Kokosnuss'
Vater Magnus, schnappt sich das Fläschchen und
leert es in einem Zug.
»Magnus, nicht alles auf einmal!«, sagt Mette.
»Du weißt doch, das Mittel ist sehr stark.«
»Pff, ich bin ja auch sehr stark. Und außerdem
brauche ich möglichst viel Beruhigung. Es war
ein anstrengender Tag.«
»Was war denn so anstrengend?«, fragt Kokosnuss.
»Heute musste ich einkaufen«, sagt Magnus. »Das
war Stress pur!«
Mit diesen Worten streckt sich Magnus, gähnt
und sinkt in seinen Sessel. Im Nu ist der große
Drache eingeschlafen.
Verblüfft sagt Kokosnuss: »Das Beruhigungsmittel
wirkt ja richtig gut.«
Mette grinst und flüstert: »Markus Medikus hat
mir einmal verraten, dass er nur Wasser in das
Fläschchen füllt. Dein Vater schläft trotzdem
immer gleich ein.«

Foto: privat

Ingo Siegner, 1965 geboren, wuchs in Großburgwedel auf.
Schon als Kind erfand er gerne Geschichten. Später brachte
er sich das Zeichnen bei. Mit seinen Büchern vom kleinen
Drachen Kokosnuss, die in viele Sprachen übersetzt sind,
eroberte er auf Anhieb die Herzen der jungen LeserInnen.
Ingo Siegner lebt als Autor und Illustrator in Hannover.

Alle Kokosnuss-Abenteuer auf einen Blick:

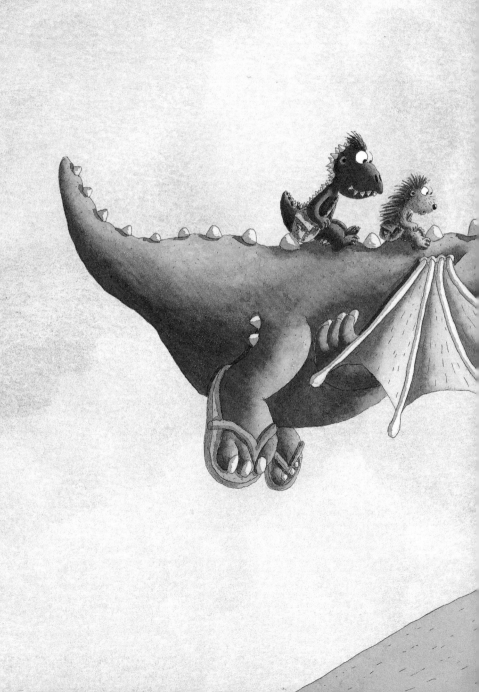